ALBERT-J. BRANDENBURG

Le Cœur errant

PARIS
ÉDITION DV MERCVRE DE FRANCE
XV, RVE DE L'ÉCHAVDÉ-SAINT-GERMAIN, XV

MCM

DU MÊME AUTEUR

EUPHORION.
LE CHANT D'AMOUR.
LE SALUT DE GYPTIS.
ODES ET POÈMES.

Prochainement

ORPHÉE, drame lyrique.
LES CONCURRENCES AMOUREUSES, romans.
LES ÉCHOS ET LES FLEURS, poèmes.

A MADAME OLETTE DE BARTENEFF

LE CŒUR ERRANT

IL A ÉTÉ TIRÉ DE CET OUVRAGE

Dix exemplaires sur papier de Hollande,
numérotés de 1 à 10

ALBERT-J. BRANDENBURG

—

Le
Cœur errant

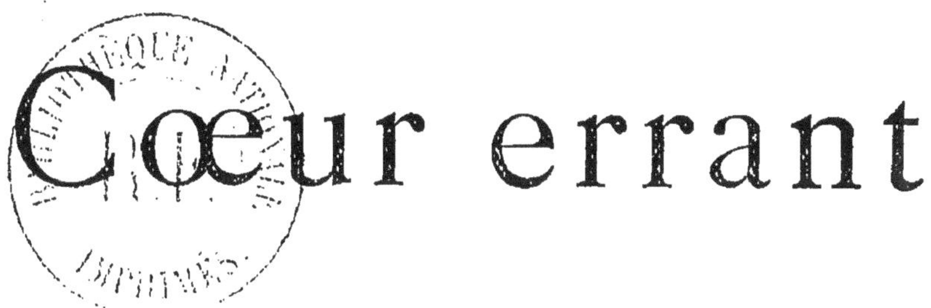

PARIS
EDITION DV MERCVRE DE FRANCE
XV, RVE DE L'ÉCHAVDÉ-SAINT-GERMAIN, XV
—
MCM

LA DAME DU LAC

A Edmond Jaloux.

DÉDICACE

Puisque le soir descend, venez, approchez-vous.
Je veux vous dire encor le plus cher des poëmes :
Voyez, le soir descend, et l'air est aussi doux
Qu'un rêve qui ne peut finir qu'avec nous-mêmes.

C'est comme un conte harmonieux que comprendront
Les hommes malheureux, les enfants et les femmes,
Et tous les exilés qui portent sur leur front
Le signe des élus recherchés par les âmes.

C'est un refuge élyséen, un paradis
Où l'harmonie est sœur des plus belles pensées,
Où dans un même accord tous les sons sont unis
Formant le chant rêvé par les ardeurs blessées.

LA DAME DU LAC

I

Au jardin de la vie, une princesse errait.
Elle revient parfois, comme sur l'eau lunaire,
L'arc-en-ciel des jets d'eau faiblement apparaît,
Route d'air pâle et de mystère qui s'éclaire.

Dans ta féerie, ô clair de lune, je revois
Les grottes où jadis vint rêver ma pensée
Dont la tristesse, comme un sylphe dans les bois,
Sur les rayons et sur les fleurs, s'est balancée.

Clarté du rêve et du silence où sont des vols
De colombes aux ailes de neige pâlie,
Domaine merveilleux qu'aiment les rossignols,
Confiant à la nuit quelque plainte affaiblie.

Palais du soir, gardien des étoiles du ciel,
Sous tes voûtes d'éther et de lumière blanche,
Se perpétue encore un songe d'Ariel
Dont l'harmonie au fond de nos êtres s'épanche

Clair de lune où les fleurs que nous aimions pâlissent,
Comme les chants, bercés par l'âme des échos,
Sous de magiques influences s'adoucissent
Et semblent contenir d'intérieurs sanglots.

Elle aimait ta splendeur, clair de lune magique,
Quand tu la conduisais en glissant sur les eaux
Où les vents reposés écoutent la musique
Qui donne leur douceur aux sommeils des oiseaux!

Quand sur les prés luisants que ton sourire argente,
L'alouette endormie attendait le matin,
Quand les jets d'eau brisaient leur tige éblouissante
Dont les fleurs retombaient aux vasques du bassin,

Elle venait, portant des tiges moissonnées,
Tout humide de lune et chantait en rêvant,
Sous le dôme éclairé des forêts couronnées
Par des rameaux fleuris où s'arrête le vent.

Elle venait comme l'esprit de la nature,
La luciole bleue éclairait ses cheveux,
Les lianes des eaux parfumaient sa ceinture,
Les mirages des lacs habitaient en ses yeux.

Elle passait, harmonieuse et si distraite
Que les esprits des bois et des eaux pour la voir
Trahissaient leur présence en quittant leur retraite,
Et que la fleur des nuits offrait son encensoir.

Le nénuphar dont l'air fait trembler les corolles
Ouvrait sa lèvre frêle où le vent sommeillait.
La Dame, en les touchant, jetait des auréoles
De pollen d'or sur les iris émerveillés.

Et la brise en passant parsemait la rosée
Dans le cœur lumineux de chaque lys ouvert.
Et tombant, goutte à goutte, elle s'était posée
Comme des grains d'encens distillés par l'éther,

Et la rose des nuits que les gnômes visitent,
Le liseron où dort l'abeille du soleil,
Et ce magnolia que des pudeurs subites
Flétrissent à jamais, et les fleurs du sommeil,

Les pavots du Léthé, les népenthès nocturnes,
Où viennent s'abreuver les colombes du jour,
S'offraient en consumant l'essence de leurs urnes,
D'où s'élèvent l'oubli, le silence et l'amour.

La sensitive au cœur de femme frémissante,
Ne fut jamais troublée en son rêve amoureux,
Par la voix de la fée, et sa main caressante,
Versait un baume à tout silence douloureux.

Les oiseaux et les fleurs, couronnes des fontaines,
Les esprits enchantés du domaine de l'air,
Les sylphes dans les bois, les échos, les sirènes,
Les dieux errants, le vent qui réveille la mer,

Sous la lune formaient son gracieux passage,
Et ses mains écartaient la lumière en rêvant...
Ses gestes s'effaçaient dans un enchantement
Lumineux et discret, en laissant un sillage.

Elle passait, cueillant des fleurs dans les rayons,
Reine de la nature... Une splendeur errante,
L'entourait de lumière, et sa voix pénétrante
Comme celle d'Orphée apaisait les lions.

« Ame du clair de lune, ô sœur et confidente
Des secrets délicats qui font le soir si pur,
Le soleil n'a jamais de sa lumière ardente
Troublé ton rêve calme et terni ton azur.

Tu n'aimas que le soir où la terre recule
Dans une ombre propice au rêve où tu te plais,
Ton âme renaissait à chaque crépuscule
Quand les échos perdus au loin la rappelaient,

Lorsque les nénuphars de la lune s'éveillent,
Près des cygnes et des rossignols malheureux.....
Et je songe combien nos âmes sont pareilles
Au monde qui te charme et qui nous rend heureux. »

II

Elle passait avec le sourire d'un ange
Connaissant un bonheur qui ne finit jamais,
Et ses yeux clairs, comme une flamme sans mélange,
Trahissait un cœur pur qui n'avait point aimé.

La nuit formait pour elle un délicat cortège,
Les étoiles l'aimaient, et l'éclat de son teint
Émù par sa pensée, était comme la neige
Qu'effleure le soleil souriant du matin.

Elle était reine du paysage lunaire,
Des échos et des lys que l'on ne peut pas voir,
Qui parfument la rive où les courants du soir
Prennent leur charme intérieur et leur mystère.

Elle avait habité les pays merveilleux
D'où l'on voit se poser sur le bord des nuages
L'esprit du monde, et tous les rêves lumineux
Qui, dans le cœur brisé, rappellent leurs mirages.

Elle avait entendu les entretiens intimes
De la mer et des eaux, des brises et des fleurs,
Des esprits assemblés dans les temples des cimes...
Elle savait leur influence sur les cœurs.

★

« Viens éclairer ma voûte, ô lumière vivante ;
On ne sait les trésors dont tout être est chargé ;
Brille comme un soleil, sur cette mer changeante,
Où seul le cœur humain ne m'est pas étranger.

Qu'ai-je fait à la vie, hélas ! et quelle faute
A fait peser sur nous un poids si douloureux :
O mon âme n'est pas cruelle ni trop haute,
Et je suis descendu vers tous les malheureux.

Car je fus l'ami de toutes les femmes
Que l'on voit pleurer le long des chemins,
Je savais les mots que toutes réclament,
Des gestes très doux ont béni mes mains.

J'ai toujours compris les jeunes poètes
Que l'on fait pleurer sans savoir pourquoi !
Je leur ai parlé des plus douces fêtes,
Et l'Espoir chanta pour eux dans ma voix.

Dame de ma ferveur, descends, fais-moi connaître
Le mal qui me sépare ainsi de tout bonheur !
Si je n'ai pas été ce que je devais être
Pourquoi me souris-tu toujours avec douceur ?

O Dame du jardin de la vie, en mon âme,
C'est toi qui dois semer la tristesse et l'amour,
Car tu n'ignores pas ce que le cœur réclame,
Quand il attend, comme un veilleur, l'aube et le jour.

C'est toi qui m'as rendu sensible et solitaire,
Si tu m'as reconnu, tu ne peux me quitter,
Tu dois rester parmi les anges de la terre,
Pour nous faire espérer dans ton éternité.

Et cependant pourquoi, Dame de la lumière,
M'as-tu laisser pleurer ? Tu sais que j'ai besoin
D'une âme qui me soit compatissante et chère,
Si je suis ainsi seul, je n'irai pas plus loin.

Je n'irai pas plus loin, mais toujours la tristesse
Me retient à la vie, et c'est mon seul lien.
Pourquoi m'as-tu donné cette chaîne qui blesse,
Au lieu de réunir, hélas ! un être au mien ?

Si nos cœurs exilés condamnés par l'aurore,
Avec les rossignols se réveillent le soir,
Tu sus nous conserver cette douceur encore
De te sentir passer sur notre désespoir.

Ta main est un rayon sur une fleur flétrie.
Qui donc viendra toucher notre esprit déchiré,
O Dame du jardin, d'où je pleure la vie,
Éclaire le chemin par où je m'en irai!

Tu te poses parfois dans le cœur d'une femme,
Et c'est alors qu'on voit ces êtres de bonté,
Dont les yeux et la voix font renaître dans l'âme
Ce que toute la vie, hélas ! sut nous ôter.

Elles marchent vers nous en nous portant la grâce,
La sympathie encor plus douce que l'amour,
Tous les anges du ciel ont contemplé leur face,
Et Dieu leur a donné les colombes du jour.

Lorsque ces séraphins descendent sur la terre,
Le monde ranimé cherchant leur entretien,
Reconnaît dans leurs yeux que l'Esprit pur éclaire
L'amante du poète et du musicien.

O flammes de l'amour, lumière de l'aurore,
Venez-vous d'un soleil qu'on ne voit qu'une fois,
Le monde vous attend, Béatrice et Lénore!
— Mais, cher Esprit, quel nom porteras-tu pour moi?

O Dame que j'attends, je te présente un frère.
Tu connais le chemin que son cœur a suivi,
Ses cris les plus humains appelaient ta lumière.
O cher Esprit, quel nom porteras-tu pour lui ?

Dame de notre cœur, regarde enfin le monde,
Regarde l'Univers qui t'invoque à genoux,
Ses yeux se sont levés pour que tu lui répondes.
— O cher Esprit, quel nom choisiras-tu pour nous ? »

III

« — Mon nom sera le nom des plus douces pensées.
Et votre âme en rêvant le murmure parfois,
Je souris à l'orgueil des tâches commencées,
Pour pouvoir vivre heureux, vous n'avez plus que moi.

Si votre vie est le plus triste de vos rêves,
Ouvrez avec le soir la porte du jardin,
Je vous accueillerai... Toutes douleurs s'achèvent,
Au geste pacifique et doux que fait ma main.

Car je suis la sagesse et la mélancolie,
Celle qui vous sourit et qu'on ne peut quitter.
J'apaise tous les cœurs et mets sur leur folie
Le sceau miraculeux de ma sérénité.

Viens, ô pauvre âme, au clair de lune, quand les saules,
Où reposent les nids des rossignols chanteurs,
S'inclinent sur les flots, comme sur tes épaules
Descendent tes cheveux parfumés par les fleurs.

Viens au jardin où la lumière est adoucie,
Où les voix sont plus irréelles que l'écho.
Tout te reconnaîtra, ma pauvre fleur flétrie!
Ta plainte s'en ira, très douce, au fil de l'eau.

Viens près du lac, tout décoré pour ta venue,
Les fleurs et les oiseaux comprendront tes vertus,
Tu pourras oublier, pauvre âme qui voulus
Guérir une douleur que tu n'as pas connue.

Là, rien ne troublera le silence... Et l'amour
Qui viendra t'accueillir ne pourra que sourire,
Le rêve te dira tout ce qu'il devra dire
Et tu t'endormiras lorsque viendra le jour.

Tous les anges du ciel ont chassé les satyres,
Et la fée a charmé les nymphes des forêts,
Les esprits en passant retrouvent sur leurs lyres
Les chants les plus anciens par nos cœurs ignorés. »

★

Au bosquet du bonheur, vivait une princesse,
Elle revient parfois, mais c'est pour consoler
Et pour semer la fleur de l'unique sagesse,
Qui calmerait l'ennui d'un âge désolé

Une âme nous attend sur le seuil de la vie.
A l'appel de nos cœurs, son cœur répondra-t-il?
« O Dame du silence, où tout se purifie,
Comprendras-tu jamais ces mots : être en exil? »

LE CŒUR ERRANT

LE CŒUR ERRANT

Sur mon rêve a flotté l'âme de la musique :
Un hymne où tous les sons se trouvaient confondus,
S'élevait en vibrant dans une note unique
Dont j'ai suivi l'élan vers des cieux inconnus.

J'ai revu le jardin que désirait mon âme
Où toujours je reviens m'asseoir quand je suis las,
Où des esprits, charmant le réveil de leur dame,
M'ayant vu si souvent, ne me remarquent pas.

★

Près de l'étang, ce soir, tout paraissait tranquille
Les yeux levés au ciel, rêveuse, elle était là,
Des oiseaux bleus formaient sa couronne mobile :
— Quand soudain une voix ineffable trembla.

Oh! c'était une essence ailée, un météore,
Un envol éthéré d'allégresse et de chants,
Comme on doit en entendre à la cour de l'aurore
Dans les palais du ciel, au retour des printemps.

Et la Dame leva ses deux bras : à son geste,
Le jardin lumineux m'apparut transformé,
Tout resplendit, et dans un mirage céleste,
Monta le rêve ému du monde qui dormait.

Les parfums animés trouvaient des voix profondes,
La brise harmonisait son luth aérien.
On entendait passer les chœurs des fleurs des ondes
Les oiseaux écoutaient, eux qui chantent si bien!

La Dame, en balançant ses mains étincelantes,
S'enveloppait d'un vent d'harmonie et d'amour.
Des chants heureux, des voix de forêts frémissantes
S'appelaient, s'unissaient et flottaient tour à tour.

Puis on voyait passer dans des lueurs bleuâtres
Des cortèges rieurs de sylphes égarés ;
Et sur des arcs-en-ciel dansaient en chœurs fôlatres
De songes merveilleux, par quelque âme pleurés.

Leur passage laissait une trace flottante
Dans le cristal limpide et frêle de la nuit,
La Dame se livrait à la force mouvante
Du son cristallisé qui l'aime et la conduit.

Une lumière bleue ondulait autour d'elle
Et s'étendait suivant le geste de sa main.....
Le Cœur ne chantait plus : la splendeur de son aile
Vibrait, éblouissant un côté du jardin.

Plus frêle que l'écho d'un rêve au sein d'un rêve,
Dans l'extase des sons et des feux fascinés,
Avec l'essor d'une aile d'ange que soulève
Le courant enchanteur des vents illuminés,

Un soupir tressaillit, aérien prélude
D'un désir qui sommeille et s'éveille parfois.....
Désir de la pensée et de la solitude
Que la Dame du lac suscite avec sa voix.

« Le Cœur errant! » —
Ce cri détruisit l'harmonie.
Et le trille perçant d'un éclat argentin
Jaillit en renversant l'immuable féerie :
Le Cœur errant quittait la Dame du jardin.

Ce fut un tintement étincelant d'abeilles,
Un son furtif et pénétrant comme un éclair,
Un cri comme en feraient en vibrant sur des treilles
Les esprits enivrés des ruches de l'éther.

L'écho, doux souvenir d'un chant, fut mon pilote.
Je montais immobile, et mes yeux consumés
Suivaient la trace d'or du Cœur errant qui flotte
Au milieu des soleils par sa voix allumés.

Il monte et redescend, étincelle et s'élève
Enlaçant une trame où des rayons sont pris...
Il rit, son rire d'or s'élargit et s'achève
Dans un ravin d'étoile où dorment des esprits.

Il aime, quand la nuit de l'hiver est tranquille,
S'abandonner aux bras d'air pur du mouvement.
Posé sur le sommet d'une étoile immobile
Les ailes en arrière, il refoule le vent.

Et quand il s'en allait vers des rives arides
Des ondes de cristal vibraient autour de lui
Et venaient s'apaiser sur les plages limpides
Où l'esprit du matin peut reposer la nuit!

Tout le ciel adorait sa splendeur jaillissante,
Lorsqu'il apparaissait aux plus purs horizons.
Les yeux levés, suivant sa course ravissante,
Des Séraphins chantaient au seuil de leurs maisons.

Lorsque le Cœur errant passe sur les collines,
Unissant dans sa voix tous les hymmes épars,
Les étoiles de feu, comme des fleurs, s'inclinent...
Et quand tout est charmé, le Cœur errant repart.

L'éther devient alors comme une symphonie;
L'écho, levant ses bras d'esprit musicien,
S'abandonne au courant d'une onde d'harmonie,
Prenant les univers charmés dans son lien.

C'est l'esprit pur, le maître et l'amant des étoiles,
Qui s'éteignent d'amour, parfois, en l'écoutant.
D'autres dans les clartés qui reviennent, se voilent.
Et Dieu même entendait la voix du Cœur errant.

C'est ce que l'on m'a dit dans les maisons divines,
Quand j'ai pu reposer sur le chemin du ciel,
Dont j'ai goûté les fruits et gravi les collines
Où le soleil régnait dans un calme éternel.

Perdu dans le pays flottant de la musique,
Las de suivre l'essor du Cœur qui m'attirait,
Je m'étais arrêté chez un couple angélique
Qui rêvait en chantant sous un dôme éthéré.

L'ange femme, songeant aux choses éternelles,
Regardait le soleil sur un escalier d'or.
L'autre sur le parvis laissait traîner ses ailes
Où frissonnait le vent de son dernier essor.

Et moi, je leur parlais des choses de la terre,
Je leur disais comment on peut vivre ici-bas,
Et j'ai compris à leur extase solitaire
Qu'ils m'écoutaient parler, mais ne m'entendaient pas.

II

Puis le matin du ciel s'étendit sur les plaines.
Tous les lys entr'ouverts des parcs de l'horizon
Brûlaient l'encens dont leurs corolles étaient pleines.
L'air bleu s'illuminait sous le jeu d'un rayon.

Et j'ai suivi le Cœur vers son palais limpide,
Où même une pensée éveillait un écho
Dans des parois, plus impalpables que le vide...
« — Reposons-nous, l'esprit ne peut monter plus haut. »

L'azur émerveillé enlaçait sa parole
Dont je sentais monter les formes lentement.
Un rêve radieux, pur comme une auréole,
L'avait enveloppé de son enchantement.

« — Mon rêve est prisonnier dans les rayons qui tombent.
« L'espace me retient près des soleils ardents.
« Les plaines de l'azur ont aussi leurs colombes
« Qui dorment dans des lits de parfums et de chants.

« Mais maintenant, le jour est né, c'est le silence.
« Puisque tu supportas mon essor vagabond
« Viens près de moi; mon cœur se repose, et je pense :
« — Que disais-tu là-bas aux séraphins? Réponds.....

« Ouvre tes yeux : c'est l'aridité de l'espace
« Où devant l'esprit pur rien ne peut se cacher.
« Là-haut, c'est le soleil dont la lumière glace,
« L'astre dont je ne peux encore m'approcher.

« C'est mon destin, et dans ma course vagabonde,
« Prince aimé des esprits que mon vol a saisis,
« Comme un rire perdu, je vais de monde en monde,
« C'est ici que j'attends tous ceux qui m'ont suivis.

« Mais je reviens toujours, seul comme la lumière,
« Qui ne peut entraîner d'ombre dans son rayon.
« Qui donc invoquas-tu, ce soir, ô ma prière!
« Pour pouvoir ramener quelqu'un dans ma maison?

« Dans un monde éloigné que l'on nomme la terre,
« Je viens rêver au seuil merveilleux d'un jardin;
« Au bruit mélodieux de mon vol de lumière
« Une dame apparaît en élevant la main.

« Quand j'ai charmé tous les esprits qui l'accompagnent,
« Dans un rire éclatant je m'éloigne soudain,
« Je gagne les bosquets, les célestes campagnes,
« Mes sommets dénudés, mais toujours, je reviens.

« Je me livre au courant de ma propre harmonie,
« Je la vois sur les eaux qu'elle sait effleurer
« Comme un rêve perdu dans l'ombre de la vie,
« Je m'en vais cependant, car j'ai peur de pleurer.

« Je suis le cœur errant, la joie et la musique,
« Triste comme le vent qui ne peut se poser,
« Je ne sais qui je suis, et ma grâce est unique.
« Je sens que j'ai besoin d'être enfin exaucé,

« Oh! je vois que ma joie est comme un météore
« Passant dans les échos qu'il entraîne avec lui;
« Ma voix est comme un chant d'alouette à l'aurore
« Ou comme un doux appel de rossignol, la nuit.

« Mais ici je suis seul, l'azur est le domaine
« Où mes rêves amis s'ébattent sans souffrir,
« Là, je puis respirer, l'air est pur et me mène
« Aux limites d'un ciel que je ne peux franchir.

« Car je sais qu'il me manque une force inconnue.
« Je la sens naître en moi, sur le seuil du jardin,
« Lorsque dans un soleil divin de bienvenue,
« La Dame que je fuis, vers moi, lève sa main.

« Oh! connais-tu le nom qui toucherait son âme,
« Un mot qui lui dirait un peu de mon espoir?
« Faut-il l'aimer comme un ange ou comme une femme?
« Viens dans mes palais blancs en attendant le soir...

« J'ai parlé de l'amour. Ce mot dans chaque monde
« Comme un philtre puissant a le même pouvoir,
« Par lui toutes les voix des astres se répondent,
« Se voyant dans l'écho comme dans un miroir.

« — C'est la Dame du Lac, la sœur, la confidente,
« C'est la reine du monde et la reine des cœurs,
« Celle que l'on invoque et dont la voix troublante
« Met une note aimée au fond de nos malheurs.

« Car elle est la sagesse et la mélancolie
« Celle par qui le cœur peut encore espérer.
« Pour me comprendre, il te faudrait savoir la vie,
« Pour me comprendre, il te faudrait avoir pleuré.

« Si tu ne connais pas tout le mal que la terre
« Offre au cœur désolé qui ne veut pas mourir,
« Tu ne comprendras pas la Dame solitaire,
« Et tu repartiras pour ne plus revenir...

« Ton domaine est si pur que les plaines mortelles
« L'air mouvant des forêts, les transports de la mer
« Froisseraient la vapeur solide de tes ailes
« Qu'allègent les plus douces ondes de l'éther.

« L'amour est trop pesant, ô sylphe des étoiles,
« Et l'âme qui console, hélas! n'est pas pour toi...
« Pour ton corps, nos clartés ne seraient que des voiles,
« Tes échos sont plus clairs que nos plus belles voix.

« — Descendons, descendons pour ne plus qu'elle pleure,
« Je veux donner mon cœur aux esprits de l'azur,
« Je saurai la charmer, je veux qu'en ma demeure
« S'accomplisse aujourd'hui son rêve le plus pur.

« Puisque tu sais que Dieu se penche quand je passe,
« Avec les séraphins au seuil de leurs maisons,
« Puisque tous les esprits me suivent dans l'espace,
« Sans retrouver jamais leurs brillants horizons,

« Et puisque l'harmonie est comme une auréole
« Dont la splendeur perçante éclaire mon chemin,
« Ne saurai-je trouver une seule parole
« Pour pouvoir m'attacher enfin un cœur humain ?

« Nous quitterons tous deux nos domaines limpides,
« Je te dirai les mots que tu sus m'inspirer,
« Les esprits inférieurs nous serviront de guide,
« Je m'abandonne à toi. — Viens, je te conduirai... »

URANIE

URANIE

I

Ariel amoureux de Miranda rêveuse
N'aurait pas su trouver un aveu plus touchant
Que l'hymne vaporeux d'essence lumineuse
Qu'à la dame du lac chante le Cœur errant.

Il est des sons divins en qui semblent se fondre
Ce que l'esprit des mots renferme d'éternel...
Et c'est un de ceux-là que trouva pour répondre
La dame qui rêvait au parc spirituel.

★

Et dans le bois, on célébra leur mariage.
Les esprits de la terre et des cieux étaient là,
Chacun pour les charmer apportait un mirage.
Le souvenir, drapé dans les songes, passa.

Tous les rêves qu'un souffle aimable peut surprendre,
Les parfums trahissant les formes de leurs fleurs,
L'écho des voix que l'âme seule peut entendre,
L'esprit qui fait changer les plus belles couleurs...

Les musiques des bois et les flûtes des brises,
Unissant leurs accords à l'air musicien,
Entouraient les contours des corolles surprises:
Des sylphes dirigeaient un chœur aérien.

Les esprits féminins que nourrit la musique,
Et qui dorment le soir dans les bras purs de l'air,
Tout enchanta l'éclat de leur noce féerique :
La forêt ordonna son plus léger concert.

Après avoir formé la courbe d'un nuage,
Auprès d'elle, l'Esprit du vent vint s'enrouler,
Dans la lumière, elle laissait un clair sillage.
Des voix d'amants sortaient des fleurs qu'elle foulait.

★

Ce souvenir, en moi, consume les paroles.
Car de tout s'élevait un charme intérieur.
Les plus petites fleurs avaient des auréoles
Que formait le parfum, frère de la couleur.

Les purs enchantements du soleil sur la neige,
La vision qui dort dans les rochers, l'hiver,
Confondaient leurs splendeurs dans un brillant cortège
Qu'accompagnait le plus mélodieux concert.

La nuit, qui descendait lentement la colline,
Portait la lune comme une urne de rayons
Qu'elle versait avec sa douceur féminine,
Sur l'escalier du ciel montant de l'horizon.

On entendait planer deux voix spirituelles
D'une langueur céleste et d'un charme infini,
L'Espace était un chant, et l'éclat de deux ailes
Rayonnait sur la terre à qui le ciel s'unit.

C'était le Cœur errant pénétré par la vie
Qui mettait une note humaine dans sa voix
A qui la voix de la Dame s'était unie
Comme le vent se mêle à l'hymne lent des bois.

II

Du temps passa — Comme une ombre dans un nuage
Chaque jour effacé se fondait en mon cœur...
Et mon cœur que le vent guidait vers chaque plage
Attendait en priant l'étoile du bonheur.

J'aimais l'heure pensive où l'on voit la tristesse
Errer par les chemins au-devant de la nuit,
Et j'ai vécu longtemps dans la douleur que laisse
Le Cœur errant, à ceux qu'il entraîne avec lui.

Ah ! pourquoi s'arrêter ! — Les îles de la vie
Sont belles, mais les flots du monde sont trop noirs...
Et j'ai dû me bâtir un pays de folie
Des cendres de mon rêve, et de mes désespoirs.

J'ai trop chéri les fleurs que les pleurs font éclore...
Mon cœur est las et ne peut plus les respirer.
Et je bois maintenant aux sources de l'aurore
Dans l'éclat d'un bonheur dont je désespérais.

Car un soir j'ai revu le jardin de la Dame!...
Une vierge passait sur un lac transparent.
Elle avait la douceur des rêves de mon âme,
Sa voix était la voix même du Cœur errant.

« Vierge, puisque mon âme a pleuré ton absence,
« Eclaire le chemin où je vais malgré moi,
« Je suis triste et meurtri, regarde, je commence
« A pouvoir vivre encor lorsque je pense à toi. »

Elle étendit sa main pure comme l'étoile
Qui sourit la première, au printemps, dans les cieux.
Et sa propre beauté entourait comme un voile,
Sa voix l'illuminait d'un nimbe gracieux.

III

« Je viens vers toi comme l'on vient devant son âme,
Comme le jour descend sur les traces du soir...
O toi, qui sais cacher dans l'ombre d'une femme
Toute l'éternité que je peux concevoir !

Fille du cœur errant et de la Dame amie
Dont le jardin était le temple de l'amour,
Etoile du bonheur dans le ciel de ma vie
Où depuis très longtemps ne régnait plus le jour !

Tu sais garder toutes les grâces de ta mère,
En te voyant passer, Vierge, dans la splendeur,
Les hommes t'ont donné le nom de la lumière :
Je te donne celui des rêves de mon cœur.

Tu portes la splendeur des clartés que ton père,
Amant des astres d'or, savait leur arracher ;
En te voyant passer comme une autre lumière,
Dieu t'appelle Uranie, et la Terre, Psyché.

O viens, je te dirais, le front sur ton épaule,
Le mal de l'univers que tu dois effacer,
Mais avant d'élever une voix qui console,
Reprenons, si tu veux, le chemin du passé.

O Psyché ! tu verras comme la route est triste,
Comme le jour est long quand on attend demain,
Pour pouvoir espérer que quelque chose existe
Quand on cherche une sœur qui vous donne sa main !

Chercher une âme et ne trouver que sa tristesse !...
Ah ! partage avec moi la maison de mon cœur,
Sur qui l'humanité fait peser sa détresse,
Mais en qui l'avenir prépare sa splendeur.

Viens ! avec toi, je peux descendre sur la terre,
Uranie ! astre blanc qui ne sait rien cacher,
Car la Dame du Lac t'a dit ce qu'il faut faire,
A l'âme dont le mal s'est lassé de chercher.

Quand je ne pourrai plus prendre l'air de la vie,
Belle du Cœur errant, veux-tu, nous partirons,
Au ciel originel, tu seras Uranie,
Viens, montons dans l'extase et nous respirerons.

Image de mon âme et de ma poésie,
Arbre dont la racine, en entr'ouvrant mon cœur,
Epanouit au ciel bleu de la fantaisie
Les rameaux où mon sang renaît en chaque fleur.

Et je te ferai voir le palais éphémère
Que mon âme a construit jadis en t'attendant,
Et tu reconnaîtras tout ce que ta lumière
Est pour le cœur épris qui souffre et te pressent.

Je te salue au nom de la douce pensée,
Que ta venue a pu faire sourire en moi,
Je te salue, ô mon étoile fiancée,
Le Cœur errant, la Dame du lac sont en toi !

Et je suis maintenant comme un cygne à l'aurore,
Car depuis que je sens la flamme de tes yeux,
Chaque idée a pour moi l'éclat d'un météore,
Un cœur ailé m'anime et je vois d'autres cieux.

O Psyché, puisqu'en toi l'âme de la nature
A déposé sa grâce, et, l'azur ses rayons,
Tu portes l'esprit pur ainsi qu'une parure,
Allons l'Espace est prêt pour d'autres visions. »

IV

Voici le conte de mon âme et de ma vie,
Un rythme où chaque note est comme un souvenir,
Comme un pays changeant construit par l'harmonie,
Où l'âme peut aller pour ne pas trop souffrir.

Après avoir suivi le Cœur visionnaire
Et visité la Dame en son parc lumineux,
J'ai vu dans un décor angélique et lunaire
La vierge en qui j'ai cru les retrouver tous deux.

Elle naquit parmi des vapeurs transparentes
Dans les chants soulevant l'ombre des brumes d'or,
Comme de l'union de notes différentes,
Dans un essor plus pur jaillit un seul accord.

Puis elle erra comme la brise sur la plaine,
Cherchant un bois mélodieux pour s'arrêter;
Mon cœur s'offrit comme une harpe éolienne;
J'ai recueilli l'âme flottante, et j'ai chanté!

4

TABLE

TABLE

ACHEVÉ D'IMPRIMER

le vingt-quatre avril mil neuf cent

PAR

BLAIS ET ROY

A POITIERS

pour le

MERCVRE

DE

FRANCE

www.ingramcontent.com/pod-product-compliance
Ingram Content Group UK Ltd.
Pitfield, Milton Keynes, MK11 3LW, UK
UKHW021138230726
13926UKWH00002B/866

9 782019 196059